30 Mai 1906

Marpré P

VENTE
Du Mercredi 30 Mai 1906
HOTEL DROUOT, SALLE N°
A DEUX HEURES

COLLECTION DE M. S...

TABLEAUX ANCIENS

COMMISSAIRE-PRISEUR
Mᵉ PAUL CHEVALLIER
EXPERT
M. JULES FÉRAL

CATALOGUE

DES

TABLEAUX ANCIENS

Par

VAN BALEN, BEERSTRAETEN, BERKHEYDEN, BLOEMAERT,

PAUL BRIL, P. CLAES, HOREMANS, HUGTENBURG,

OMMEGANCK, PANNINI, PEETERS, SCHALKEN, THULDEN, WEENIX, ETC.

Provenant

De la Collection de M. S...

ET DONT LA VENTE AURA LIEU, A PARIS

HOTEL DROUOT, SALLE N° 6

LE MERCREDI 30 MAI 1906

A DEUX HEURES

COMMISSAIRE-PRISEUR	EXPERT
Me PAUL CHEVALLIER	**M. JULES FÉRAL**
10, rue Grange-Batelière	7, rue Saint-Georges

EXPOSITION

Le Mardi 29 Mai 1906, de 1 heure 1/2 à 5 heures 1/2

CONDITIONS DE LA VENTE

Elle sera faite au comptant.

Les adjudicataires paieront *dix pour cent* en sus des enchères.

Paris. — Imp. de l'Art, E. Moreau et Cie, 41, rue de la Victoire.

DÉSIGNATION

TABLEAUX ANCIENS

AARTSEN (Attribué à PETER)

1 — *La Cuisine grasse et la Cuisine maigre.*

Bois. Haut., 58 cent.; larg., 87 cent.

ADRIAENSSEN (Attribué à)

2 — *Fruits, gibier, poissons et chat tenant un oiseau.*

Toile. Haut., 91 cent.; larg., 42 cent.

BALEN (H. VAN)

3 — *Apparition du Christ.*

Cadre en bois sculpté.

Haut., 00 cent.; larg., 00 cent.

BEAUBRUN

4 — *Portrait de Jeune Femme parée de bijoux.*

Cadre en écaille rouge.

Bois. Haut. 33 cent.; larg., 27 cent.

BEERSTRAETEN

5 — *Vue de Ville; effet d'hiver.*

Signé à gauche.

Toile. Haut., 48 cent.; larg., 61 cent.

BELLINI (École de JEAN)

6 — *La Vierge portant l'Enfant Jésus.*

Fond de ciel.

Cadre en bois sculpté.

Bois. Haut., 71 cent.; larg., 51 cent.

BERKHEYDEN

7 — *Intérieur d'église, avec personnages.*

Signé du monogramme et daté : *1667*.

Toile. Haut., 52 cent. ; larg., 63 cent.

BLOEMAERT (ABRAHAM)

8 — *Le Repos en Égypte.*

Signé à droite.

Bois. Haut. 46 cent.; larg., 55 cent.

(*Vente Somzée.*)

BOCHOUT

9 — *Nature morte.*

Signé et daté : *1659*.

Bois. Haut., 50 cent.; larg., 52 cent.

BOL (Genre de Ferdinand)

10 — *Portrait de Femme, coiffée de plumes.*

Bois. Haut., 36 cent.; larg., 25 cent.

BOSBOOM (J.)

11 — *Vue de La Haye.*

Signé et daté.

Toile. Haut., 46 cent.; larg., 61 cent.

BOSCH (Attribué à Jérome)

12 — *La Tentation.*

Signé en toutes lettres.

Bois. Haut., 61 cent.; larg., 78 cent.

BOURGOIN (A.)

13 — *La Jeune Artiste.*

Signé à gauche.

Bois. Haut., 34 cent.; larg., 26 cent.

BRIL (Paul)

14 — *La Fuite en Égypte.*

Cuivre. Haut., 42 cent.; larg., 67 cent.

BREUGHEL DE VELOURS (Genre de)

15 — *Marine avec bateaux à voiles.*

Bois. Haut., 41 cent.; larg., 59 cent.

BRUYCKER (François de)

16 — *Pêches, raisins, fleurs et papillon.*

Signé.

Bois. Haut., 39 cent.; larg., 30 cent.

CHAMPAIGNE (Attribué à Philippe de)

17 — *Saint Benoît.*

Toile. Haut., 90 cent.; larg., 78 cent.

CLAES (Peter)

18 — *Table d'office.*

Signé du monogramme et daté : *1646.*

Bois. Haut., 53 cent.; larg., 82 cent.

ELZHEIMER (Adam)

19 — *Vénus remettant à Énée des armes forgées par Vulcain.*

Toile. Haut., 61 cent.; larg., 91 cent.

HEYDEN (Attribué à Van der)

20 — *Vue d'un château.*

Parchemin.

Haut., 28 cent.; larg., 39 cent

HOET (Gérard)

21 — *L'Amour filial récompensé.*

Toile. Haut., 71 cent.; larg., 90 cent.

HOLBEIN (Attribué à)

22 — *Portrait d'Homme joignant les mains.*

Bois. Haut., 31 cent.; larg., 22 cent.

HOREMANS (Jean)

23 — *Les Joueurs de boules.*

Toile. Haut., 62 cent.; larg., 56 cent.

HOREMANS (Jean)

24 — *Intérieur d'atelier.*

Toile. Haut., 62 cent.; larg., 56 cent.

HUGTENBURG (J. Van)

25 — *Combat de cavaliers.*

Toile. Haut., 46 cent.; larg., 55 cent.

JORDAENS (Attribué à Jacques)

26 — *La Famille du bouffon.*

Toile. Haut., 1 m. 35 cent.; larg., 1 mètre.

KESSEL (Attribué à Van)

27 — *La Vierge et l'Enfant Jésus entourés de fleurs.*

Cuivre. Haut., 21 cent.; larg., 15 cent.

LAFABRIQUE (Nicolas)

28 — *Jeune Homme regardant une pièce d'or.*

Toile. Haut., 60 cent.; larg., 49 cent.

LATTRE (Adolphe de)

29 — *Bords de rivière, avec figures.*

Signé.

Bois. Haut., 33 cent.; larg., 23 cent.

LATTRE (Adolphe de)

30 — *Le Pont rustique.*

Signé et daté : *1796*.

Bois. Haut., 33 cent.; larg., 23 cent.

LÉLY (Attribué à Peter)

31 — *Portrait de Femme en robe bleue.*

Toile. Haut., 78 cent.; larg., 62 cent.

LEYS (Attribué à Henri)

32 — *La Marchande de gibier.*

Bois. Haut., 00 cent.; larg., 00 cent.

LOCHNER (Attribué à Stephan)

33 — *Le Jugement dernier.*

Bois. Haut., 30 cent.; larg., 22 cent.

MABUSE (Attribué à Jean de)

34 — *L'Enfant Jésus et Saint Jean dans un paysage.*

Bois. Haut., 38 cent.; larg., 52 cent.

MESSINE (Genre d'ANTONELLO DE)

35 — *Portrait d'Homme coiffé d'une toque rouge.*

Cadre en bois sculpté.

Bois. Haut., 29 cent.; larg., 21 cent.

METSU (Genre de)

36 — *La Musicienne.*

Toile. Haut., 65 cent.; larg., 51 cent.

METSYS (École de QUENTIN)

37 — *Philosophe en méditation.*

Bois. Haut., 65 cent.; larg., 49 cent.

METSYS (Ecole de QUENTIN)

38 — *La Vierge soutenant le corps du Sauveur.*

Bois. Haut., 65 cent.; larg., 46 cent.

METSYS (École de QUENTIN)

39 — *La Vierge portant l'Enfant Jésus.*

Bois cintré.

Haut., 41 cent.; larg., 26 cent.

MEYTENS (DANIEL)

40 — *Portrait de Femme en corsage vert.*

Toile. Haut., 55 cent.; larg., 45 cent.

MYTENS (Daniel)

41 — *Portrait de Femme, avec manteau rouge drapé sur l'épaule.*

Cadre en bois sculpté.

Bois. Haut., 75 cent.; larg., 57 cent.

MIGNARD (École de)

42 — *Portrait de Femme en corsage jaune et manteau rouge.*

Toile de forme ovale.

Toile. Haut., 78 cent.; larg. 60 cent.

MIGNARD (École de)

43 — *Portrait présumé de Mme de Maintenon.*

Toile marouflée.

Haut., 33 cent.; larg., 24 cent.

MOMPER (Josse de) et BREUGHEL (Jean)

44 — *Paysage de vaste étendue, avec hôtellerie et personnages sur la droite.*

Bois. Haut., 45 cent.; larg., 74 cent.

MURILLO (D'après)

45 — *Le Mendiant.*

Toile. Haut., 00 cent.; larg., 00 cent.

NEEFS (Attribué à PETER)

46 — *Intérieur d'église, animé de personnages.*

Toile. Haut., 30 cent.; larg., 42 cent.

NIKKELEN (ISAAC VAN)

47 — *Intérieur d'église, avec personnages.*

Bois. Haut., 38 cent.; larg., 45 cent.

OMMEGANCK et DENIS

48 — *Paysage avec fontaine monumentale; paysage et animaux.*

Signé par les deux artistes.

Bois. Haut., 51 cent.; larg., 49 cent.

ORLEY (Attribué à BERNARD VAN)

49 — *Le Christ de pitié.*

Bois. Haut., 40 cent.; larg., 30 cent.

ORLEY (Attribué à BERNARD VAN)

50 — *L'Adoration des Mages.*

Bois cintré dans le haut.

Haut., 98 cent.; larg., 69 cent.

OSTADE (D'après ISAAC VAN)

51 — *Intérieur de cabaret.*

Bois. Haut., 24 cent.; larg., 29 cent.

PANNINI

52 — *Monument avec portique et colonnade.*

Au centre, le Christ guérissant les aveugles.

Toile. Haut., 1 m. 20 cent.; larg., 179 cent.

PEETERS (Bonaventure)

53 — *Forteresse au bord de la mer.*

Toile. Haut., 59 cent.; larg., 85 cent.

POURBUS (Attribué à Pierre)

54 — *Portrait de Jeune Fille parée de chaînes d'or.*

On lit à droite le millésime : *1562*.

Bois. Haut., 73 cent.; larg., 59 cent.

POUSSIN (École du)

55 — *Paysage historique.*

Toile de forme ronde.
Cadre en bois sculpté.

Diam., 55 cent.

RENI (Genre de Guido)

56 — *Mater Dolorosa.*

Cadre en bois sculpté.

Toile. Haut., 54 cent.; larg., 40 cent.

ROOTIUS

57 — *Nature morte.*

Signé du monogramme et daté : *1656*.

Bois. Haut., 46 cent.; larg., 70 cent.

ROSA (Salvator)

58 — *Le Cheval de Troie.*

Toile. Haut., 1 m. 13 cent.; larg., 1 m. 78 cent.

RUBENS (École de)

59 — *Paysage accidenté avec cours d'eau; figures et animaux.*

Bois. Haut., 41 cent.; larg., 59 cent.

RUBENS (École de)

60 — *Enfant endormi.*

Haut., 00 cent.; larg., 00 cent.

SALVIATI (Attribué à François)

61 — *La Sainte Famille.*

Cadre en bois sculpté.

Toile. Haut., 00 cent.; larg., 00 cent.

SCHALKEN (Godefroy)

62 — *Personnages dans un intérieur; effet de lumière.*

Bois. Haut., 39 cent.; larg., 30 cent.

TENIERS (Attribué à David)

63 — *Intérieur de ferme.*

Bois. Haut., 56 cent.; larg., 80 cent.

(*Vente Etienne Leroy, 1903.*)

TENIERS (École de David)

64 — *Intérieur de cabaret.*

Toile. Haut., 49 cent.; larg., 67 cent.

TENIERS (Genre de David)

65 — *Scène de cabaret.*

Bois. Haut., 16 cent.; larg., 14 cent.

THULDEN (Th. Van)

66 — *Portrait de Femme à mi-corps.*

Toile. Haut., 82 cent.; larg., 60 cent.

THYS

67 — *Jeune Femme arrosant des fleurs.*

Signé à droite et daté : *1812.*

Bois. Haut., 44 cent.; larg., 34 cent.

VELDE (Attribuée à Guillaume Van de)

68 — *Vue d'un Port.*

Toile. Haut., 75 cent.; larg., 67 cent.

VÉRONÈSE (École de)

69 — *La Présentation au Temple.*

Toile. Haut., 57 cent.; larg., 74 cent.

WEENIX (J.-B.)

70 — *Fruits et gibier sur une table, couverte en partie d'un tapis violet.*

Signé à droite et daté : *1670.*

Toile. Haut., 1 m. 02 cent.; larg., 1 m. 18 cent.

(*Vente Huybrechts.*)

WEYDEN (École de ROGIER VAN DER)

71 — *Le Christ descendu de la Croix; Saint Jean et la Vierge.*

Bois cintré dans le haut.

Haut., 33 cent.; larg., 24 cent.

WOUWERMANN (Attribué à PIERRE)

72 — *Un Camp.*

Toile. Haut., 68 cent.; larg., 1 m. 18 cent.

WOUWERMANN (Genre de)

73 — *Halte devant une tente.*

Toile. Haut., 39 cent.; larg., 50 cent.

ÉCOLE ANGLAISE

74 — *Portrait d'un Peintre à son chevalet.*

Toile. Haut., 00 cent.; larg., 00 cent.

ÉCOLE FLAMANDE

75 — *L'Adoration des Mages.*

Bois. Haut., 55 cent.; larg., 48 cent.

ÉCOLE FRANÇAISE

76 — *Portrait de Femme en corsage gris.*

Toile. Haut., 80 cent., larg., 65 cent.

ÉCOLE FRANÇAISE

77 — *Portrait de Femme en corsage jaune et manteau rouge.*

Toile. Haut., 77 cent.; larg., 60 cent.

ÉCOLE FRANÇAISE

78 — *La Vierge, l'Enfant Jésus, Sainte Anne et deux saints personnages.*

Bois. Haut., 37 cent.; larg., 25 cent.

ÉCOLE FRANÇAISE

79 — *Portrait du Comte de Berlaymont.*

Cadre en bois sculpté.

Bois. Haut., 61 cent ; larg., 78 cent.

ÉCOLE FRANÇAISE

(PENDANT DU PRÉCÉDENT)

80 — *Portrait de la Comtesse de Berlaymont.*

Cadre en bois sculpté.

Toile. Haut., 90 cent.; larg., 68 cent.

ÉCOLE FRANÇAISE

81 — *Pastorale.*

Cadre en bois sculpté.

Toile. Haut., 22 cent. ; larg., 30 cent.

ÉCOLE FRANÇAISE

82 — *Portrait d'Homme tenant une lettre.*

Toile. Haut., 81 cent.; larg., 64 cent.

ÉCOLE FRANÇAISE

83 — *Portrait de Femme en corsage bleu et manteau rose.*

Toile. Haut., 82 cent.; larg., 65 cent.

ÉCOLE FRANÇAISE

84 — *Le Christ en croix avec deux saints en prière.*

Bois. Haut., 27 cent. ; larg., 22 cent.

ÉCOLE HOLLANDAISE (XVIe siècle)

85 — *La Vierge, l'Enfant Jésus et deux donateurs.*

Triptyque.

Bois. Haut., 00 cent. ; larg., 00 cent.

ÉCOLE HOLLANDAISE

86 — *L'Adoration des Mages.*

— *L'Annonciation.*

— *L'Adoration des bergers.*

Triptyque.

Au verso des volets, des anges peints en grisaille.

Bois. Haut., 06 cent.; larg., 00 cent.

ÉCOLE HOLLANDAISE

87 — *La Dime.*

Toile. Haut., 60 cent.; larg., 75 cent.

ÉCOLE HOLLANDAISE

88 — *Portrait de Femme, les cheveux blonds pendant sur un col blanc.*

Bois. Haut., 61 cent.; larg., 47 cent.

ÉCOLE HOLLANDAISE

89 — *Portrait de Jeune Homme présenté dans un médaillon.*

Bois. Haut., 32 cent.; larg., 23 cent.

ÉCOLE HOLLANDAISE

90 — *La Vierge, l'Enfant Jésus, Saint Joseph et trois anges.*

Bois. Haut., 29 cent.; larg., 22 cent.

ÉCOLE DE SIENNE

91 — *Le Christ en croix, entouré de saints personnages.*

Cadre en bois sculpté.

Bois. Haut., 29 cent.; larg., 20 cent.

ÉCOLE DE SIENNE

92 — *La Vierge, l'Enfant Jésus, Saint François et un donateur.*

Bois. Haut., 50 cent.; larg., 39 cent.

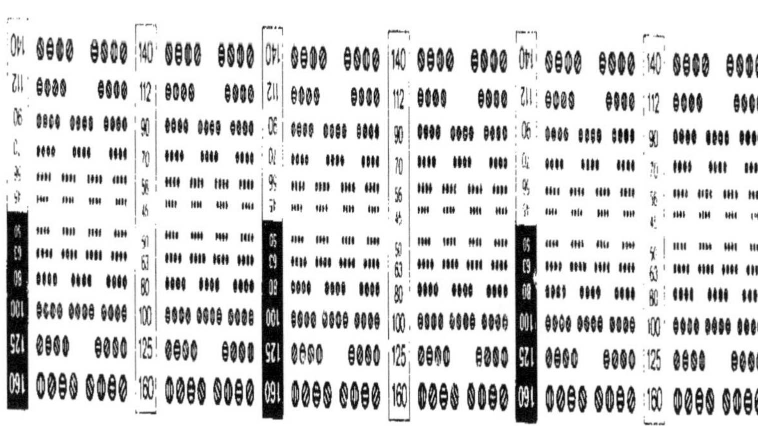

www.ingramcontent.com/pod-product-compliance
Ingram Content Group UK Ltd.
Pitfield, Milton Keynes, MK11 3LW, UK
UKHW020232180726
13838UKWH00005B/2343

9 782329 320113